연인을 위한 즉흥환상곡

연인을 위한 즉흥환상곡

윤지영 시집

징검다리

차례

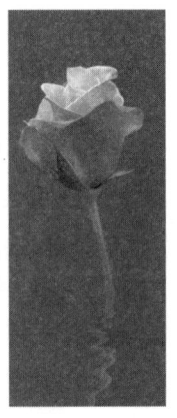

1.그대를 사랑함은

연인을 위한 즉흥환상곡

사랑한다고 말하면
금새 날아가 버릴 듯한 너는
가녀린 가지 끝에 앉아있는
찬란한 잎새

나는 오래두고 너를 그리워하여
돋아난 두 날개로
너를 힘껏 부둥켜안은
벙어리매미

한여름 세상 곳곳에서
화려하게 사랑을 외쳐도
나는 목숨을 다해
한평생 고요히 너를 지키리
가장 맑고 깨끗한 영혼의 목청으로
소리 없는 노래를 부르리

사랑의 서시

사랑이란
이성과 감성의 경계선
그 철조망 사이로
허리 굽혀 낮게 피어난
꽃 같은 것

사랑이란
목 깊숙이 날카로운 가시를 품어
소리내지 못하고
온몸으로 붉은
꽃 같은 것

사랑이란
가슴 한가운데 순풍이 드나드는
커다란 창이 있어
항상 온화하고 겸손한
꽃 같은 것

사랑이란

한 평의 황폐한 땅에서라도
한 조각의 햇볕만으로도
한 모금의 빗물만으로도
감사하며 살아가는
꽃 같은 것

사랑이란
진실로 아름다운 나비를 위해
한 방울의 꿀마저도 모두 주고는
어느 날 문득 짧은 생을 마치는
그런 꽃 같은 것

짝사랑

불꺼진 너의 창문 밖에서
밤새 쪼구려 앉아 너만을 생각하다가
새벽이 오면 맑은 별빛을 모아
너의 창문에 곱게 붙여두고
집으로 돌아오곤 했어
너를 좋아한다는 그 말은 하지 못하고

너의 집 대문 밖에서
밤새 길 잃은 어둠처럼 서성이다가
아침이 오면 너의 집 담장 위에
밝은 햇살 한아름을 얹어두고
집으로 돌아오곤 했어
너의 친구가 되고싶다는 그 말은
차마 하지 못하고

태양보다도 더욱 눈부신
너의 그 미소를 몰래 훔쳐보다
너와 눈이라도 마주치면
그대로 눈이 멀 것만 같았어

그런 너의 미소에 어울리는
시를 적은 편지를 건네고 싶었지만
그냥 돌아서곤 했어

매년 봄이면
너의 집 골목길 옆, 작은 꽃밭에
살며시 꽃씨를 심어두고는
아름다운 꽃이 피기를 기도했어
너의 곁에 늘 함께 있고싶다는 그 말은
끝내 하지 못하고

눈사람

너의 사랑스런 두 손으로 만든
눈사람이 되고싶어
세상에서 가장 새하얀 몸짓으로
태어난 생명 위에서
네가 선물한 눈 코 입으로
비로소 눈뜨고 숨쉬고 말할 수 있는
눈사람이 되고싶어
밀짚모자 하나 그리고 너
이 둘만으로도 세상을 모두 가진 듯 기쁜
눈사람이 되고싶어
너의 창문에서 가장 잘 보이는 길목에 서서
한평생 너를 바라볼 수 있는
눈사람이 되고싶어
너의 행복한 얼굴을 다 보지 못하고
힘없이 쓰러져 녹아버려도
다음 겨울이면 또다시
너의 눈사람이 되고싶어

데칼코마니

시원한 소나기가 지나고
맑게 개인 초원 같은
내 마음의 도화지를
세상 밖으로 꺼낼게요
조심스레 반으로 접어, 그 반쪽에는
내 깊은 곳에서 싱싱하게 우러나온
색색의 물감을 펼쳐 바르고
남은 반쪽의 시간과 공간은
언젠가 만날 그대를 위해
환하게 비워둘게요

서로 너무나도 그리워하다가
우리는 결국 만나겠지요
소중한 사람들을 앞에 두고
사랑으로 영원을 맹세하며
그대와 나 처음으로 손잡는 그 날
그 날 우리는 똑같이 닮은 얼굴로
한 폭의 그림 속에서
하나되기로 약속해요

동자승

온갖 꽃들이 만발한 들판 위에
홀로 팔베개하고 누워 하늘을 보니
구름 속에 누군가 살짝 두고 간
말끔한 종이 한 장 있길래
작은 돌맹이 하나 주워들어서
어젯밤 꿈속에서 만났던
그리운 어머니 얼굴을 그렸지

노란 꽃잎 한 개 따서
어머니 밝은 미소를 그리고
연분홍 꽃잎 한 개 따서
어머니 예쁜 입술을 그리고
초록색 풀 한 포기 따서
어머니 푸른 눈동자를 그렸지

앞개울 너머 앞산 너머
어머니 계시는 고향 땅에서부터
봄바람 타고 살랑살랑 다가온
새하얀 구름 속에는 가득가득
꽃을 닮은 나의 어머니

천사의 노래

사랑의 오선지 위에
그대 향한 내 마음을 담아
그대에게 전합니다
사랑을 속삭이듯 감미롭게
잠을 자듯 꿈을 꾸듯 행복하게
입을 맞추듯 그윽하게
별을 품듯 달을 품듯 포근하게
그대에게 내 사랑을 고백합니다
그대는 내 마음을 아는지 모르는지
나의 피아노 연주에 맞춰
섬세하고 긴 머리카락 끝을 휘날리며
즐거이 노래를 부릅니다
그대의 노랫소리는
나의 온 대지를 뒤흔들고
나의 온 하늘을 휩쓸며
나의 온 영혼을 울립니다
나는 그대의 사랑을 얻지 못하더라도
하나의 아름다운 곡 속에서
그대와 함께 하기에
감격에 겨워 한없이 기쁩니다

독백

그대 만난 이후, 나는
오래도록 할말을 잊었습니다
세상 어떤 언어로도 어떤 표정으로도
그대의 눈부신 아름다움을 말하기에는
너무나도 부족하다는 것을 알기에
아무런 말도 할 수가 없습니다

그대 만난 이후, 나는
그렇게 오래도록 생각을 잊었습니다
나의 가슴속에는
오직 그대를 위한 마음으로
기쁨만이 가득하기에
어떠한 생각도 할 수가 없습니다

그대 만난 이후, 나는
참으로 오래도록 소리를 잊었습니다
그대를 바라보고만 있어도
내 삶의 크고 작은 풍파가 평온해지기에
그대의 목소리만을 얻고
세상 모든 소리를 버립니다

그대 향한 내 마음이
사랑이라 해도
혹은 우정이라 해도
혹은 그 어떤 이름이라 해도
그대가 원하시는
바로 그 모습으로 서있겠습니다
언제까지라도
그대 곁에 머물 수만 있다면

그대 곁에 머물 수만 있다면

그대 곁에 머물 수만 있다면
그대 집 앞 길목에
작은 풀잎이라도 되어
그대를 매일 만나고 싶습니다

그대 곁에 머물 수만 있다면
그대가 가장 좋아하는 노래 속에서
한 개의 음표라도 되어
그대의 입가에 맴돌고 싶습니다

그대 곁에 머물 수만 있다면
그대의 찻잔 속에
은은하게 번지는 향이라도 되어
그대의 휴식이 되고싶습니다

그대 곁에 머물 수만 있다면
그대의 창가에서
한평생 노래하는 새라도 되어
그대의 미소가 되고싶습니다

그대 곁에 머물 수만 있다면
그대의 하늘을 온통
붉게 물들이는 노을이라도 되어
그대의 그리움이 되고싶습니다

그대 곁에 머물 수만 있다면
잠든 그대 머리맡에서
빛을 내는 별이라도 되어
그대의 소원을 이루고 싶습니다

나무와 꽃

하얀 외로움을 훌훌 벗어버린
순결하고 고귀한 너의 나체에
이른 봄 파릇파릇하게 돋아난
어린 잎새들의 끝없는 일렁임에
매끄럽고 섬세한 곡선들이 모여
커다란 빛을 이룬 너의 형상에
나는 흠뻑 매료되었다

사랑의 계절을 위해서
지난 겨울의 모진 북풍을 견뎌내고
너의 가지 끝으로 단단하게 응집된
그 수많은 꿈의 멍울, 그 안에
덩그러니 놓인 화병 하나는
나의 전부를 흔들어놓았다

이제 나는 긴 방랑을 마치고
너의 가슴 위로 내려앉아
너의 화병 속에서
너를 위한 꽃이 되고싶어라

영혼을 닦는 비누

날마다 야위어가리
너를 위한 비누가 되어
네 삶의 얼룩들을 지워가리
절망에 찌든 너의 가슴 위에서도
마냥 야위고싶으리
내 존재가 다 닳아 사라진대도
기꺼이 야위어가리
네 삶의 곳곳에
지워지지 않는 의미로
나 영원히 살아있으리

사과나무 아래에서

사과나무 아래에서
그대의 무릎을 베고 누워
하늘을 올려다봅니다
나뭇잎들은 실바람에 날려 하늘거리고
나뭇가지에는 빨갛고 탐스럽게
잘 익은 태양들이 주렁주렁 매달려
우리의 사랑을 내려다봅니다

아름다운 자연 속에서
그대와 나는 두 개의 사과
크기도 모양도 꼭 닮아
서로에게 희망이 되고 휴식이 되는
서로에게 돛이 되고 지붕이 되는
두 개의 사과처럼, 그대와 나는
함께 있는 것만으로도
마냥 행복합니다

사과나무 아래에서
그대의 무릎을 베고 누워

하늘을 올려다봅니다
나의 하늘에는 언제나
그대의 얼굴이 있고
나의 귓가에는 아른아른
그대의 목소리가 들려오고

사과 향기는 그대의 입술 위에 묻어
나의 볼을 간지럽게 스칩니다

기다림

그대를 기다린다는 것은
나 진정 살아있음을 느끼게 합니다
저 멀리서 길모퉁이를 돌아 다가오는
그대 발소리를 듣고있는 지금
지금 이 순간만큼
나 살아있음을 느낀 적이 없습니다

내내 간절히 두 손 모아 그대를 기다립니다
그대 비록 하룻밤 손님으로 내게 머물다
아침이면 떠나실 운명이라 해도
그대 가시는 뒷모습까지도
내겐 한없이 감사합니다

내내 간절히 두 손 모아 그대를 기다립니다
그대 비록 나를 보지 못하고 스쳐지나
영영 볼 수 없는 운명이라 해도
그대 만나는 그 짧은 순간에서 영원까지
내겐 한없이 감사합니다

그대를 기다린다는 것은 나 처음으로
진정 살아있음을 느끼게 합니다

내 마음 속에는 언제나 너에게로만
흐르는 강이 하나 있어

바다에게

내 마음 속에는 언제나
고요히 흐르는
강이 하나 있어
맑은 구름을 몰고
은빛 연어 떼를 몰고
내 모든 꿈과 열정을 몰고
너에게로 흐르는
강이 하나 있어

너에게로 이르는 그 길이
아름다운 숲을 벗어나
낯설고 황량한 들판을 지나고
날카로운 돌 틈에
살이 찢기고 영혼이 닳는
험하고 힘겨운 모험이라 해도
내 마음 속에는 언제나
너에게로, 너에게로만 흐르는
강이 하나 있어

스카이다이빙

이제 나는 긴 잠에서 깨어나
잃어버린 길을 찾아나서리
봄의 품에서부터 불어오는
따스하고 향긋한 기류에
내 모든 꿈을 내맡기고
드넓은 창공 속을 날아보리

죽음도 삶도 잠시 잊고
슬픔도 아픔도 없는
구름 위로 사뿐히 발을 내딛어
그 신비로운 깊이와 폭에
짜릿한 설렘을 느껴보리
지상의 낙원에 홀로 꽃을 피운
나의 연인에게로 다가서리

나는 샛노란 나비가 되어
봄날의 수줍은 신부처럼
가볍게 너풀너풀 날아서
나의 연인의 영롱한 꽃잎 위로

살며시 날개를 내리리

꽃으로 나비로 우리는
열렬히 사랑하고
마침내 꽃잎 위에 새겨진
나의 투명한 발자국들은
까만 꽃씨가 되어, 하늘 아래서
우리는 영원한 생명을 얻으리

소녀

사랑은 강물이 바다로 흐르듯
자연스러운 것이기에
사랑은 구름이 숲을 유랑하듯
자유로운 것이기에
사랑은 봄이면 싹트고 가을이면 열매맺듯
경이로운 것이기에
내 사랑은 욕심이 없습니다

사랑은 무섭게 폭우를 쏟다가도
어느새 맑게 개는 하늘과 같아서
사랑은 밤하늘을 밝히는
달과 같아서 별과 같아서
사랑은 어둠을 지우는
잔잔한 여명(黎明)과 같아서
내 사랑은 두려움이 없습니다

바다를 여행하는 작은 물고기처럼
들판을 날아다니는 작은 꽃씨처럼
깊은 산 속을 뛰어다니는 작은 사슴처럼
높은 하늘에서 무지개를 타고 노는 작은 요정처럼
내 사랑은 사시사철 해맑은 소녀입니다

바다언덕

하늘과 바다와 육지가 맞닿는
바다언덕에서 나는 살리라
아침이면 앞마당에 구름이 깔리고
구름 위로는 예쁜 꽃들이 반짝이며
밤이면 바다의 자장가에
만물이 고요히 잠드는
그 바다언덕에서 나는 살리라

사랑과 그리움이 맞닿는
바다언덕에서 나는 살리라
작은 새들이 포근한 둥지를 틀고
정겹게 사랑을 속삭이며
어린 풀들이 탁 트인 하늘 아래
양팔 벌려 자유를 노래하는
그 바다언덕에서 나는 살리라

내 삶의 열정과 시원한 바닷바람으로
사랑하는 나의 연인과 함께
사시사철 행복에 겨워
걱정도 시름도 세월도 잊고
그 바다언덕에서 영원히 살리라

그대를 사랑함은

그대를 사랑함은
내 마음의 영토에
봄바람이 불어오는 날
그대의 향긋한 숨결이
나의 영혼에 뿌리내리도록
간절히 소망하는 것

그대를 사랑함은
태양처럼 밝은 미소로
그대에게 빛을 주고
빗방울처럼 맑은 눈물로
그대를 위해 기도하는 것

그대를 사랑함은
구름처럼 깨끗한 마음으로
그대에게 달콤한 휴식을 주고
내가 가진 모든 기쁨을
그대에게 아낌없이 나눠주는 것
그대를 사랑함은

내 마음 깊숙한 곳에
아름다운 꽃 한 송이를 피우는 것
세월이 흐르고 흘러도
내 마음 깊숙한 곳에 언제나
꽃씨 몇 톨의 추억을 간직하는 것

소원

그대가 다음 생애에
새가 된다면
나는 혼을 다해서
그대가 편히 쉴 수 있도록
포근한 둥지가 될게요

그대가 다음 생애에
나무가 된다면
나는 몸을 산산이 부수어
그대가 아리따운 꽃을 피울 수 있도록
기름진 흙이 될게요

그대가 다음 생애에
강이 된다면
나는 모든 꿈을 바쳐
그대와 운명을 함께 하는
물고기가 될게요

그대가 다음 생애에
바다가 된다면

나는 두 손 모아
그대의 평온을 기원하는
등대 섬이 될게요

그대가 다음 생애에
별이 된다면
나는 온 가슴을 넓게 펼쳐
그대가 자유로이 뛰놀 수 있도록
밤하늘이 될게요

연인

정신을 잃을 듯한 삶의 더위 속에, 너는
나의 영혼을 휘감고 도는
시원한 시냇물

수많은 거짓에 오염된 나의 두 손을
기꺼이 마주잡아 반기는
맑은 사람

목이 마를 때면 언제나 달려가
의심 없이 들이킬 수 있는
깨끗한 사람

작은 물고기들의 물장구를 보여주고
꼭꼭 숨어버린 나의 동심(童心)을 불러내는
그리운 사람

은은하게 푸른 자장가를 부르면서
한나절 나를 재워주는
편안한 사람

먼길을 떠날 지친 나의 두 발을
기꺼이 닦아주는
고마운 사람

정신을 잃을 듯한 삶의 더위 속에, 너는
나의 영혼을 휘감고 도는
시원한 시냇물

축혼(祝婚)

두 사람은 이 하늘 아래
언제나 어디서나 함께 하리라
웃음과 행복 앞에서도
우정과 사랑 앞에서도
또 고난과 역경 앞에서도
시름과 눈물 앞에서도
늘 함께 서있으리라
서로의 가슴 위에는
자랑스러운 두 개의 이름을
나란히 새기고
새 날이 밝아오면 두 사람은
따스한 손과 손을 마주잡고
세상을 향해 먼 여행을 떠나리라
두 사람의 지혜와 용기로
인생 곳곳에 숨겨진
더 많은 보물들을 얻게되리라

새장 안에서 행복한 새

나는 네 속에 살고 있는 새
너를 위해 노래를 부르고
너를 위해 울음을 터트려도
너는 모른다
다만 나를 위해
새장의 문을 열어놓을 뿐

나는 날아가지 않는다
날개를 잃고
너를 얻었을 뿐

온 세상보다도 더 넓은 새장 안에서
나는 새장 안에서
행복한 새

미소년

갓 피어난 풀꽃처럼
싱그러운 눈빛을 가진 소년
태양의 미소처럼
밝은 마음을 가진 소년
한 점의 근심도 티도 없는
순수한 얼굴의 소년
그의 눈망울 속에 세상은
늘 천국입니다

그의 손길이 스치는 곳마다
새 생명이 피어나고
그의 발길이 닿는 곳마다
평화로운 산과 들이 펼쳐집니다
그의 유쾌한 웃음소리는
고요한 숲 속에 활기를 불어넣고
그의 숨결이 이르는 곳마다
사랑의 기운이 어립니다

들판을 이리 저리 뛰어다니며

실바람을 만드는 소년
산 너머에 살짝 숨어있는 구름을
목청껏 부르는 소년
꽃향기에 물씬 취해
꽃잎 위에서 단잠을 자는 소년
그는 세월이 흐르고 흘러도
늘 소년입니다

진주조개의 사랑

나는 마냥 행복합니다
나의 수많은 생애를 모두 바쳐
그대가 사는 바닷가에
진주조개로 거듭거듭 환생한다는 것을
그대 끝내 모르셔도
나는 마냥 행복합니다

그대와 나 푸른 물결을 가르고
운명처럼 처음 만나는 날
그대 무심히도 나의 가슴 위에
날카로운 칼을 꽂으시고
나의 생명을 빼앗으셔도
나는 마냥 행복합니다
오래도록 소중히 간직해온
내 사랑의 결정(結晶)을 취하신다면
그것만으로도 나는 마냥 행복합니다

나는 한 개의 진주로 그대 곁에서
그대 영혼을 밝히는 작은 빛이 된다면

평화로운 바다 아래에서도
눈부신 태양 아래에서도
영광스러운 그대 영혼 아래에서도
영원히, 영원히 행복합니다

첫사랑

그대와 함께 했던 시간들은
차마 눈부셔 쳐다볼 수조차 없었습니다
그대를 사랑하는 마음을
한 조각 구름으로 가린 채
남몰래 느끼는 그대의 따스함이란
하늘 아래 가장 큰 축복이었습니다
태양, 그대는 만물을 유혹하는 만인의 연인
나는 수줍은 얼굴의 어린 잡초

나는 세상 가장 낮은 곳에서
잠을 자듯 곤히 엎드려서도
바람에게서 나무에게서 새에게서 나비에게서
그대의 이야기를 전해들었습니다
그대 또한 나를 열렬히 사랑하신다는 것을
하늘 위로 수많은 계절이 지나도
그대 그 마음만은 변치 않으신다는 것을

그대와 함께 했던 시간들은
차마 눈부셔 쳐다볼 수조차 없었습니다

내 삶에 그토록 강렬한 빛을 주신 그대는
이미 서쪽 지평선 너머로 떠나셨지만
그대 내게 남겨주신
그 달빛의 추억을 믿습니다
그대 내게 남겨주신

그 별빛의 약속을 믿습니다

동행

세월의 흐름에 휩쓸려
한세상 떠돌다 지쳐 쓰러지면
나는 그대의 술병 속에서 잠들고 싶어라

진하게 우러난 내 영혼의 빛깔과 향으로
잔뜩 흐린 그대의 얼굴을 맑게 비추리라
그대의 술잔 속에 끝없는 동심원이고 싶어라

그대가 슬픔에 떨고 외로움에 떠는 날이면
살며시 다가가 따스한 취기(醉氣)로 안으리라
그대의 술잔 속에 작은 불씨이고 싶어라

그대 꿈결 깊은 그 곳으로
봄날의 나비처럼 한여름 시냇물처럼
가을날의 낙엽처럼 한겨울 함박눈처럼
잔잔히 스며들어 그대를 취하게 하리라
언제까지나 그대 곁에 함께 있고싶어라

2. 휴일의 사랑

친구

먼 훗날 그 어느 날 내게도
내 목숨 같은 사람이 생긴다면
나는 그에게 한 치의 바램도 욕심도 없는
그런 편한 친구이고 싶다

사랑한다는 말을 대신해서
그에게 더 많은 자유를 주겠고
그의 슬픔에도 기쁨에도
함께 울고 웃는 친구이고 싶다

그가 내미는 여린 두 손을
언제든 기꺼이 마주잡는
든든한 버팀목 같은 친구이고 싶다

험한 시련과 고뇌 앞에서도
그에게 강인한 힘이 될 수 있는
미소와 같은 희망과 같은 친구이고 싶다

드넓은 삶의 바다를 유랑하는
작은 뗏목 위에 나란히 몸을 싣고는
언제나 운명을 같이하는 친구이고 싶다

낙타의 꿈

모래바람이 흐르는 길을 따라서 걷고
달빛이 흐르는 길을 따라서 걸어도
그대에게 이르는 길의 끝은
어디까지인지 모릅니다

사막 한가운데 언제나 혼자였던 나는
드넓은 고난의 세계를 이겨내야 했고
끝없는 목마름도 견디어내야 했습니다

삶의 고단함과 허무함에 지쳐
모래언덕 위로 쓰러지는
수많은 나를 볼 때마다
그대와 함께 할 날들을 떠올려봅니다

그대를 생각하며 나는 하루하루를 살아갑니다
아직 만나지도 못한 그대를 그리워하며
아름다운 오아시스와 그대의 모습을
붉은 노을 위에 조심조심 그려봅니다

나의 연인, 그대의 모습은
작은 선인장이라 해도 좋고
한 톨의 모래알갱이라 해도 좋고
한 줄기 뜨거운 햇빛이라 해도 좋고
가늘고 여린 풀 한 포기라 해도
나는 마냥 좋습니다, 만남의 기쁨만으로도

그리움

창 틈 사이로 스며든 햇살이
잠든 나의 이마 위를 환하게 비추면
나는 새로운 하루를 향해 눈비비고 일어나
창 밖의 풍경을 바라봅니다
여전히 행복한 아침입니다

평화로운 수평선 저 너머에서는
수줍은 그대의 얼굴이 차츰차츰
나의 하늘 위로 빨갛게 떠오릅니다
어디선가는 그대의 목소리를 닮은
새가 노래를 부릅니다

바다 저 끝에서 솔솔 불어오는 바람결에
그대의 향기가 묻어옵니다
나의 가슴 속 깊은 곳까지
파릇파릇하게 맑은 울림으로
그대의 소식이 전해옵니다

그대를 만나기 위해, 나의 마음은

백사장을 단숨에 뛰어서
돛단배를 타고 바다로 향합니다
파도에 밀려 바람에 밀려 저 멀리
그대가 사는 그 섬으로 갑니다

아침 같은 사랑

그대의 숨결을 가까이 느끼면서
매일 아침을 맞이하고 싶습니다
그리고 그대를 사랑하는 마음을 가득 담은
아침식사를 준비하렵니다

앞뜰에는 그대 닮은 예쁜 꽃들을 키우고
연못에는 그대 닮은 금붕어를 키우고 싶습니다
따사로운 햇살이 내리는 평화로운 자연 속에서
선하고 너그러운 그대의 마음을 닮아가렵니다

그대 향한 내 사랑을 노래하는
작은 새가 살고있는 나무 아래에서
그대에게 아름다운 시를 읊어주고
바다가 보이는 언덕에서 그대와 나란히 앉아
서로의 꿈에 대해서 이야기하고 싶습니다

까만 밤하늘 아래 두 손 모아
우리의 내일을 위해 기도하고
창 밖으로 보이는 별빛에 흠뻑 취해

그대의 품안에서 고요히 잠들고 싶습니다
기쁜 날에도 슬픈 날에도
화창한 날에도 흐린 날에도
나는 그대의 손을 꼭 잡고서
늘 그대 곁에 함께 있고 싶습니다

촛불

그대 아시나요?
매일 밤 나는
잠든 그대 머리맡에서
몸을 태워 기도한다는 것을
겁이 많은 그대의 꿈속에
작은 태양이 되어
그대 영혼을 지킨다는 것을

그대 아시나요?
매일 밤 나는
그대의 슬픔을 조금씩 빼앗아
그대 대신 울고있다는 것을
초의 심지를 따라서 붉은 걸음으로
그대에게 다가가고 있다는 것을

그대 아시나요?
매일 밤 나는
그대의 까만 밤하늘을 밝히는
작은 요정이라는 것을

그대의 지붕 위로
끝없는 희망의 계단을 만든다는 것을

창 너머로 별이 지면
나는 커튼을 걷어올리고
그대가 잠에서 깨기 전에
서둘러 아침을 부른다는 것을
그리고는 그대의 화단에
한 송이 나팔꽃으로 환생한다는 것을
그대 아시나요?

밤 바다

아무도 살지 않는 섬의
푸른 언덕 위에 맨몸으로 누워
차가운 별들이 넘실대는
그 까만 바다에 두 발을 담그리
풀벌레 노랫소리에 맞춰
내 영혼의 음성을 흥얼거리며
먼 곳에 그대에게로
애절한 눈빛을 보내리

내 마음에 흐르는 작은 강을
그 까만 바다에 흘려보내고
샛노란 추억의 조각배를 띄우리
환한 빛을 내는 별들을
색색으로 줄줄이 예쁘게 엮어서
쓸쓸히 텅 빈 나의 목에
가득가득 걸어두리

시간의 파도에 밀려드는 수많은 별과
휩쓸려 가는 수많은 별 속에

그대 소식을 들으리
밤새 그리움에 가슴 떨고
새로운 아침이 와도
밝은 태양 뒤에 가려진
그 수많은 별빛의 인연을
결코 잊지 않으리

휴일의 사랑

나는 수평선 너머 신천지를 찾아다니는
바다 닮은 비취빛 물고기이려니
너는 신비로운 뗏목을 타고 나를 찾아온
야자수 닮은 미인이어라
수려하게 청아한 물결이 머무는 곳에서
우리는 휴일의 느긋함으로
운명처럼 마주하게 되어라
긴 기다림의 시간에
발그스름하게 그을린 웃음으로
너는 나에게 인연의 낚싯줄 끝자락을 던져라
나는 그 미끼 속 바늘의 날카로움을
영혼의 아가미까지 깊게 찔러 넣을 테니
이제 아늑한 너의 어항 속에서
나를 영원히 살게 하여라

그대 잠든 사이

그대 잠든 사이
밤하늘의 별빛은
그대 순결한 이마 위로
섬세한 꽃잎을 뿌릴 테니
그대 잠결에라도
진한 꽃향기에 취해보세요

그대 잠든 사이
밤하늘의 달빛은
그대 가녀린 영혼 곁에서
한결같이 그대를 지킬 테니
그대 꿈결에라도
한번만 미소지어 주세요

그대 잠든 사이
밤하늘의 한 사람은
그대 청초한 마음 아래서
아낌없이 눈물 흘릴 테니
새 아침이 밝아오면
그대 아픈 기억은 모두 잊고
기적처럼 다시 깨어나길 바래요

사랑의 원죄(原罪)

나의 죄목은
천상의 화원에 몰래 들어가
고귀한 꽃 한 송이를 꺾은 죄
그 아름다운 꽃을
지상으로 가져와
나의 화병에 꽂은 죄

사랑이란 감정은
소유하려하면 할수록
극히 순간적이며
쉽게 시들어버린다는데
사랑이란 감정은
처음 뿌리내린 곳을 떠나면
그 영롱한 빛을 잃고
영원히 잠들어버린다는데
온갖 욕심으로 얼룩진 나의 두 손은
끝끝내 사랑의 꽃을 꺾고 말았다

나의 죄목은

천사의 미소를 닮은
너의 그 마음을 사랑한 죄
너의 자유로운 날개를 꺾어
날아가지 못하도록
나의 가슴속 깊이 가두어버린 죄

거리의 악사(樂士)

영원히 한 개의 음(音)을 잃어버리고
내 가슴속 바닥 깊숙이 처박혀버린
낡은 바이올린아
울어라
낯선 도시 이 거리 저 거리에서
미친 짐승의 절규처럼
내 슬픈 실연(失戀)의 아픔을 울어라

거리에 얼굴 모르는 사람들을 붙잡고
애절한 바이올린 울음으로
한끼 분의 삶을 구걸하여
하루를 연명(延命)하고 또 하루를 연명하고

다시 혼자만의 밤이 오면, 나는
도시의 거대한 쓰레기통 옆에서
버려지고 버려진 것들을 위해
흐느껴 울겠다

영원히 한 사람을 잃어버리고

세상의 모서리 모난 곳에 처박혀버린
나의 상처투성이 얼굴아
울어라
낯선 도시 이 거리 저 거리에서
미친 짐승의 절규처럼
내 슬픈 실연의 아픔을 울어라

상처

그대는 내 마지막 한 방울의 정열까지
모두 들이마시고도
끝없이 목마른 작은 새처럼
푸른 숲에 숨겨진 옹달샘을 찾아
나를 두고 날아갔습니다
슬픈 운명의 쇠몽둥이는 나의 사랑을
산산이 부수어 버렸고
신의 조각칼은 나의 가슴을 난도질하고
죽은 심장을 도려냈습니다
그리고 그대 떠난 나의 가슴에는
새로운 심장이 이식되었습니다
나는 혼자 남았습니다

세월이 지나고
아픈 상처는 아물어도
나는 그대가 그립습니다
오늘도 가슴 깊이 흐린 얼굴을 묻고
떠나간 그대의 소식을 기다립니다
사랑을 잃은 나는

낯선 이의 심장으로
넋을 잃고 살지 않으면
도저히 견딜 수 없을 정도로
그대가 그립습니다

노을

하루의 끝을 온통 그리움으로
붉게 물들이는 노을은
어쩜 그리 그대를 닮았나요
애써 눈물 감추며 이별을 말하던
그대의 마지막 눈시울을 꼭 닮았네요

노을지는 언덕에서
오래도록 서성이는 나는
어쩜 그대를 잊지 못하나봐요
그대 뒷모습을 보며 행복을 빌던
나의 떨리는 입술을 꼭 닮았네요, 노을은

명왕성

나의 빛과 존재가 다가서지 못하는 곳에
나의 매정한 가슴 끝자락에
애처롭게 매달린 행성, 그 곳은
사랑했던 마음도 추억도
모두 얼어붙어 잠들어버린 암흑의 침실
순간도 영원도 모두 잊혀진
거대한 망각의 폭포
진실도 믿음도 한낱 티끌처럼 흩어지는
황폐한 진공(眞空)의 성(城)

나의 빛과 존재가 다가서지 못하는 곳에
나의 매정한 가슴 끝자락에
애처롭게 매달린 행성, 너는
사랑한다고 말하기엔 너무 먼 곳에
오래 전 헤어진 나의 연인
수억 년이 다시 지나도 결코 만나지 못할
오래 전 잊혀진 나의 연인

빈집

주인을 잃고 폐허가 된 빈집은
낮도 밤도 어둡다
빛은 철저히 차단된 채
창 쪽으로는 짙게 거미줄이 드리워져
발버둥치다가 죽은 추억들이 걸려있다
방 안쪽으로는 어지럽게
삶의 기척도 없는 가구들이 흩어져있다
행복을 끓여내던 냄비도
사랑을 품어내던 이불도
아름다운 날들을 세어가던 달력도
아픔을 쓸어내던 빗자루도
아무런 말이 없다
여기 저기 슬픔만이 잔뜩 웅크리고 앉아
지나간 날들을 회상한다
빈집은 회색 먼지로 깊게 묻혀버리고
너를 잃고 폐허가 된 나의 삶은
낮도 밤도 어둡다
나는 아무도 찾지 않는 먼 과거가 된다

그대는 아직 내 곁에 있습니다

가슴 흠뻑 젖도록 울어도
씻겨지지 않는 사람으로
그대는 아직 내 곁에 있습니다

무심코 부른 이름으로
목 메여 다시 부르는 이름으로
그대는 아직 내 곁에 있습니다

나의 추억 곳곳에 남아
떠나지 않는 향기로
그대는 아직 내 곁에 있습니다

함께 걷던 길목에 살포시 내려지는
예쁜 나뭇잎으로
그대는 아직 내 곁에 있습니다

약속처럼 매일 내게 떠올라
흐린 나의 세상을 비춰주는 태양으로
그대는 아직 내 곁에 있습니다

코스모스 역에서

올해 가을에도
그대 떠나신 철길 옆에는
코스모스가 피어오릅니다
설레는 마음으로 가만가만 들여다보면
꽃송이송이마다 벌과 나비에 둘러싸여
화사하게 웃는 그대의 얼굴입니다
나는 그대가 그립습니다

나의 인생 앞으로
수많은 기차가 세월을 가로질러
코스모스 잎을 휘날리며
저 지평선 너머로
다음 역을 향해 사라진대도
나는 그대를 잊지 못합니다

나의 마음을 앞에
가을의 신이 온갖 매혹적인 꽃으로
나를 유혹한다해도
그대 내게 수줍게 건네셨던

코스모스 한 송이가 제일 먼저 떠오릅니다
나는 그대가 그립습니다

어느 날 문득 나를 떠나신 것처럼
언젠가는 그대 내게 다시 돌아오실 것을
나는 이미 알고 그렇게 믿고
간절히 소망하고 있습니다
우리의 코스모스 역에서

금지된 사랑

갖가지 색의 색연필들을 가졌던 어린 시절
새하얀 벽지는 유혹 그 자체였다
나는 마음을 숨기지 못하고
이내 고백하고야말았다
스케치북에게는 말할 수 없었던 것들을
벽지에게 그려주고 싶어서
멀리 손을 뻗어 닿을 수 없는 곳이라도
의자를 딛고 올라가서 모두 그려주었다
엄마의 꾸중 따위는 두렵지 않았다

새하얀 영혼은 유혹 그 자체다
더 많은 색의 색연필을 가졌음에도
지금 나는 망설이고 고백하지 못한다
세상에게 말할 수 없었던 것들을
네 속에 그려주고 싶은데
색연필들만 만지작거리고, 만지작거리고
가느다랗게 손을 떨며 다가서지 못한다
세상의 표정이 두렵다
넌 끝없이 나를 유혹한다

유성(流星)

계절만 바뀌면 집 떠나는 그는
계절의 끝에 나 홀로 남겨두고
돌아오지 않을 길을 간다
끊임없이 별이 흐르는 강 아래
어느 산기슭에서
그는 망각의 거적을 깔고
선잠을 잔다
새로운 계절에 어울리는
여인을 꿈꾼다

빛을 잃은 별 하나
내 마음의 고향 언덕에
이름 모를 들꽃 위로
생을 다하고 내려앉는다
죽은 별이 만든
거대한 웅덩이 속으로
내 몸 눕히고 흙이불 덮으니
이제는 어느 누구도 쉽게 잊고
쉽게 용서할 것만 같다

폐병

초겨울 서늘한 바람에
하얗게 변해버린 나의 입술은
낙엽처럼 부스럭댄다
사랑을 고백하지 못하고
죽음의 그늘 밑에서
하루 하루를 안타깝게 서성인다
하지만 사랑을 얻지 못하고
더욱 병이 깊어가도
나는 후회하지 않는다
잔인한 슬픔과 아픔이
나의 가슴을 조각조각 부수고
나의 목을 조르고
나의 영혼을 짓누른대도
너와 함께라면 나는 두렵지 않다
찰나의 시간마저도
한 뼘의 공간마저도
마지막 한 번의 숨까지도
반으로 쪼개어 너와 나누고싶다
나는 사랑한다는 그 말을 대신해서

붉게 발효된 이별의 포도주 한 잔을
너의 순결한 마음 위로 울컥 쏟아내고
어느 태평스러운 한 순간
나의 삶은 너의 맑은 동공 위에
영원히 정지된다

사랑의 종말

가파른 밤하늘에 총총
사랑을 갈구하는 애잔한 눈빛들, 그 중
나뭇가지 끝에 아슬아슬하게 걸려있는
반쪽 짜리 별 하나, 너를
남몰래 좋아했다
나의 일생 중에 단 하루라도
너와 함께 있고 싶어서
하늘을 가로지르는 긴 사다리를 타고
나무 위로 오르니
너는 어느새 아스라한 세계로
달아나 버렸다
못내 아쉬워 가늘게 실눈을 뜨고
너의 뒷모습을 쫓아보았지만
너는 이미 은하수를 건너
먼 이국의 땅으로 점점 흐려졌다
이 행성에 홀로 남은 나는
아직 빛 바래지 않는 너의 흔적들을
가슴에 촘촘히 담아두고는
영원한 안식의 베개를 베고

고요히 눈감았다
너를 잃고 잠든 나의 혼 위로
수많은 해가 지나고
수많은 달이 지나고
별이 뜨고 져도 사랑은 없다

너 떠날 때면

너 떠날 때면
나를 함께 데려가
나 아주 작게 웅크릴 테니
추억의 상자 속에 담아서
너의 이삿짐 속에 섞어
나를 함께 데려가
영영 버리고 간 것들 틈 속에
나를 내버려두지마
너의 삶 속에서라면
어느 구석진 자리라도 좋으니
너 떠날 때면
제발 나를 함께 데려가
내 삶의 전부는 너뿐이니까

유년시절

낮에 애써 잡은 반딧불들을
창 밖으로 훌쩍 놓아주고는
어린 나는 한참을 숨죽여 울었어
작은 소유마저도 부끄러웠던
유년의 밤이면 여러 권의 시집을
머리에 베고는 눈감고 누워
밤하늘의 별을 헤아려보았지
크고 작은 별들을 이리저리 이어보면
내 방 안에는 파란장미가 피어나고
예쁜 금붕어들이 사이좋게 노닐고
유월의 느티나무도 바람결에 흔들렸어
색색의 별들을 이리저리 이어보면
내 곁으로 문득 그리운 친구가 찾아오고
경치 좋은 산과 들이 펼쳐지고
유월의 나비도 꽃향기에 실려 날아들었어
그렇게 하늘에서 별이 된 반딧불들은
밤사이 나의 지붕 위를 소복소복
초록빛으로 뒤덮었지

자아비판

생각함과 배움을 멈춘 사람
그의 목소리를 귀 기울여 들어보면
내 속에 내장이 녹스는 소리

일하지 않고 먹고 입는 사람
그의 목소리를 귀 기울여 들어보면
내 속에 온기(溫氣) 잃은 피가 굳는 소리

실패하고 변명만 하는 사람
그의 목소리를 귀 기울여 들어보면
내 속에 게으른 손발의 잠꼬대

슬프고 아픈 추억을 오래 간직한 사람
그의 목소리를 귀 기울여 들어보면
내 속에 병든 세포의 신음소리

사랑하지 않고 사랑 받길 바라는 사람
그의 목소리를 귀 기울여 들어보면
내 속에 철없는 심장의 어리광

3.먼 훗날

시(詩)

냉정한 마음과 나약한 육체
목까지 가득 찬 오만한 욕심
온갖 편견의 색깔에 물든 눈과 귀
거침없이 창과 방패를 휘둘러대는 혀
나의 이 모든 것들이 잠들도록
달콤한 언어의 향기가 풍겨나는
너의 입술과 황홀하게 입맞추리
창 밖으로 보름달이 떠오르고
별들의 따사로운 그림자가
나의 지친 영혼 위로 드리워지면
아른아른 들려오는 너의 속삭임 속에
너의 침대의 끝없는 평화로움 속에
나는 세월을 잊고 고요히 잠들리
날개 없이 산을 넘고 강을 건너
사철 봄의 기운이 피어오르는
천국의 나라를 꿈꾸리, 그리고
다시는 꿈에서 깨어나지 않으리

건기(乾期)

목마르다, 태초의 그 날부터
내 삶은 온통 목마른 것들뿐
타오르는 욕망의 바스락거림을 향해
땡볕의 화살촉이 내리꽂히는 낮과
희망의 자라나는 꿈속까지
날카로운 바람의 칼날이 날아드는 밤
그리고 내 영혼의 뿌리가 이르는 곳마다
살갗이 벗겨지는 아픔과 번뇌의 순간들
목마르다, 하늘을 향해서
내 삶은 온통 목마른 것들뿐

하지만 안개 속에서도
꽃을 피우려고 흔들리는 나무가 있고
나는 꽃잎 위에 시를 쓴다
서늘한 바람이 부는 날에도
날아오르려 몸부림치는 새가 있고
나는 날개 위에 시를 쓴다
쓸쓸함이 밀려드는 밤에도
빛을 내기 위해 몸을 태우는 별이 있고

나는 별의 미소 위에 시를 쓴다

텅 빈 나의 가슴 위에도
빽빽하게 시를 쓰고 또 써보지만
같은 하늘 아래 살아있는 생명 중에
유독 나만이 끝없이 목마르다

나그네의 시

내게 정해진 시간들은
이제 얼마 남아있지 않고
시큰한 슬픔이 코끝까지 밀려와서
백 여덟 번 아픔을 주어도
나는 비틀거리는 약한 다리로
거침없이 여행을 떠나고싶다
창문 틈 사이로 날아 들어온
생애 처음 느낀 봄 향기를 따라서
새로운 삶의 열병에 걸린 사람처럼
꽃은 아름답고 새도 예쁜
구름은 평화롭고 바람도 온화한
나무는 푸르고 풀빛도 싱그러운
산으로 들로 정처 없이
천진한 소녀의 모습으로 뛰어 다니고싶다
살아있는 모두에게 단 한번씩만이라도
사랑한다고, 사랑한다고 말하고싶다
어느 날 나의 병실이 작은 상자 되어
삼도천(三途川) 여울목에 내던져지는
그런 날이 온다고 해도

결코 뒤돌아보지 않고
무사히 그 강을 건너도록

바닷바람이 소곤소곤 부는 화창한 날

자화상

험난한 파도가 멀리 떠나버린
삶의 해안선에는
갯벌 위 크고 작은 생존의 숨구멍들
숨쉬는 소리 한창이다
하늘 맑은 곳 바위에 앉아
허리 굽혀 내려다보니
나는 어린 게 되어
크기 다른 짝짝이 신을 신고
옆으로, 옆으로 걷는다
바위틈에 몸을 숨겼다가도
옥빛 물방울에 얼굴을 비추어보고
깨알같은 발자국들을 올망졸망 만든다
햇볕에 두 개의 집게 반짝 광을 내고
무엇을 찾아 어디로 가는 걸까
바닷바람이 소곤소곤 부는 화창한 날
삶의 해안선에는
갯벌 위 크고 작은 생존의 숨구멍들
숨쉬는 소리 한창이다
집게발 굳는 소리 요란하다

어머니

낮에는 서울에 살고
밤이면 고향으로 갑니다
오십 년을 넘어서 휴전선을 넘어서
어머니 계시는 고향으로 갑니다

열 살의 어린 나는
사람들에게 묻고 물어서
길을 걷고 걸어서
어머니 계시는 고향으로 갑니다
어머니를 부르며 울먹이다가
어스름한 해질녘에서야
어머니의 그림자가 길게 드리워진
나의 동네 어귀입니다
어머니께서 끓이신 된장찌개 구수하게
허기진 나를 부르는 동네 어귀에서부터
고무신 손에 들고서는 힘껏 뛰어
대문 밖에서 애달프게
나를 기다리시는 어머니
그리운 어머니 치마폭에 얼굴을 묻습니다

어머니께서는 아무 말씀 없으시고
빙그레 웃으시며 고운 옷고름으로
나의 눈물을 닦아주십니다
나는 어머니 품에 파묻혀
오랫동안 편히 잠듭니다
열 살의 어린 나는

낮에는 서울에 살고
밤이면 고향으로 갑니다
오십 년을 넘어서 휴전선을 넘어서
그리운 나의 어머니 품에서 잠듭니다

천년의 환절기

내 속에 천재의 이성을 마비시키고
내 작은 감수성까지 모두 일어나게 하는
어느 봄 피어나는 개나리

천년동안 앓아왔던 지병 밖으로
처음 귀 트이던 날처럼 아련하게
어느 봄 들려오는 새소리

내 속에 험악한 흉터를 날려버리고
내 작은 바램까지도 모두 싹트게 하는
어느 봄 불어오는 산들바람

오래도록 기다려온
천년의 환절기 위에 서서
나는 재채기를 해댄다
가볍게 감기를 앓지만
사랑은 이미 시작되었다

먼 훗날

먼 훗날에는
아주 오래된 나무 아래
앉아 있으리
꽃도 잎도 모두
시간의 폭풍 속으로 휩쓸려
헐벗고 외로운 나무
그 나무 아래 홀로 앉아 있으리
저 산 너머에서
어린 시절의 비눗방울들이
넘실넘실 다가와
나뭇가지를 온통 투명하게 뒤덮으면
나는 기억의 더듬이로 더듬더듬
세월의 암벽을 거슬러 오르리
나무 꼭대기를 향해
수직으로 비상(飛上)했던 날을 회상하는
늙은 풀벌레 한 마리처럼
아주 오래된 나무 아래
홀로 앉아 있으리

봄나들이

살아 숨쉬는 만물이
긴 잠에서 깨어난 가뿐한 봄날이다
창가에는 동쪽에서 날아와
지저귀는 새들로 가득하고
화단에는 기지개를 펴고
일어나는 새싹들로 가득하다

나는 어둠 속에서 황급히
두 다리를 흔들어 깨워
불멸의 목발을 집고 비틀비틀
세상 속으로 떠난다
어릴 적 보물찾기를 하던 것처럼
마냥 들뜬 마음에 생각하건대
누군가 부러진 나의 다리를 주워들고
애타게 나를 기다릴 것만 같다

끝이 보이지 않는 눈물의 강을
망설임 없이 두개의 목발로 노 저어
강 너머 신천지를 찾아 떠난다

봄의 기류를 타고 살며시 내게 다가온
자연의 광장 한복판에서
나의 손목을 내려다보니
맥박의 시계는
찬란한 정오를 알린다

섬

나는 깊은 바다의 품에
잠기고 잠기며 깜빡이는
꼬마 섬입니다

나는 밤바다의 길을 밝히며
밤을 꼬박 지새는
등대 섬입니다

나는 밤이면 별을 노래하고
낮이면 꽃을 노래하는
외로운 섬입니다

나는 작은 행복만으로도
감사하며 살아가는
평온한 섬입니다

나는 누구의 죽음에도 탄생에도
함께 울고 함께 웃는
마음 여린 섬입니다

나는 육지를 지독히 그리워하지만
조금도 다가설 수 없는
외딴 섬입니다

아프리카

눈감고 누워 주문을 외우면
나는 아프리카의 초원 한가운데에서
불굴의 전사로 깨어난다
나의 죽어가는 양심 위에는
저승의 새떼가 까마득히 앉아
심장을 쪼아대고
나의 빛 바랜 희망 위에는
절망의 야수들이
살점을 물어뜯는다
나의 침울한 사랑 위에는
혼돈의 얼룩말떼가
짓궂게 얼굴을 밟아대고
나의 깡마른 목숨 위에는
목마른 어린 풀들이
생명수를 찾다 지쳐 쓰러진다
굶주린 영혼의 휑한 눈으로
사방을 아무리 둘러보아도
가면 쓴 또 다른 나의 모습들뿐
결국은 혼자인 곳

적도의 하늘 아래 그 곳에서, 나는
검은 육체 속에 흰 치아를 들어내고
창과 방패를 태양을 향해 치켜들어
내 속에 무수한 짐승과
치열하게 싸워간다

꿈

만물이 밤의 암흑에 휩쓸려 곤히 잠들고
나에게도 혼자만의 시간이 오면
나는 육체의 담을 훌쩍 뛰어넘어
먼 기억 속으로 여행을 떠난다
수많은 섬광 사이를 날아서
미로처럼 얽힌 숲 속을 달리고
깊고 험한 골짜기를 지나
거대한 암벽을 거슬러 오르면
맑고 푸른 호수가 펼쳐진다
그 곳에서 나는 운명처럼
한 개의 작은 방주(方舟)와 마주하게된다
방주 속에 마지막 생명은
희망, 용기, 사랑이란 이름의 어린아이들
그들은 자유와 평화의 날개를 가진
달처럼 온화한 마음을 가진
별처럼 빛나는 눈빛을 가진 천사다
나는 밤마다 눈물 젖은 베개를 베고
그들과 함께 마음 속 행성들을 끝없이 떠돌며
잃어버린 대륙을 찾아다니는 꿈을 꾼다

갓난아이의 순수함으로

전생(前生)의 옷가지들을 벗어 던지고
태초의 알몸으로 돌아온다
욕조에 맑은 양수(羊水)가 채워질 때 즈음
그 가득한 순수함 속으로, 속으로
녹아 들어가는 알몸
욕조 속에 알몸은 미래를 꿈꾸며
과거의 허물을 벗겨낸다
새살이 나올 때까지 거듭거듭
과거의 기억을 벗겨낸다
이내 욕조 속은 전생의 흔적들로 뒤덮인다
어머니의 너그러운 용서의 음성은
새로이 뼈를 만들고 살을 만들고
어머니의 충만한 사랑의 손길은
새로이 피를 만들고 내장을 만들고
어머니의 인자한 미소는
새로이 마음과 영혼을 만든다
목욕을 마친 알몸은
욕조 밑에 물마개를 열고
한줄기 긴 소용돌이에 휘말려
욕조 밖으로 뛰쳐나온다
갓난아이의 순수함으로 태어난다

탄생

내 혼은 지극히 가벼워
민들레 꽃씨처럼
미풍의 양탄자를 타고
숲을 여행하던 중
키 높은 나무 꼭대기
가지 위 둥지 귀퉁이로
홀연히 내려앉는다
둥지 속을 들여다보니
알록달록한 알 하나
조그맣게 꿈틀댄다
눈감고 크게 숨 들이쉬어 느껴보니
여린 부리 가슴팍에 감추고
바람의 리듬에 맞추어
속닥속닥 노래를 부르며
세상을 향해 문 두드리는
작은 생명 하나 있다
내 혼 위로 눈부시게 쏟아지는
햇볕 중에 가장 예리한 조각으로
알 껍질을 깨는 순간

하늘과 땅은 조각조각 갈라지고
나는 벌거숭이 몸으로
날개 두 개 달고
기나긴 터널을 빠져나온다

업경(業鏡)

그는 먼 옛날부터
나를 조용히 주시하던
한 사람입니다

그는 태고의 하늘처럼 맑은 눈으로
나의 삶을 고요히 비춰주던
단 한 사람입니다

나는 그 앞에서 매일매일
한 점의 거짓도 없는
정직한 마음을 맹세합니다

나는 그 앞에서 매순간순간
한 점의 부끄럼도 없는
참회의 기도를 합니다

나는 그 앞에서 영원히
한 점의 티도 없는
선한 미소를 약속합니다

그는 눈부신 빛의 형체로 다가와
마음의 지옥에서 고통받던
나의 영혼을 흔들어 깨운
마지막 한 사람입니다

그는 위대한 조물주로서
이 세상을 만들기 전에
나를 만들고 나를 사랑했던
운명적인 한 사람입니다

허수아비

황금빛이 출렁이는 들판에
지평선 저 너머로 끝없이 펼쳐진
논둑 길을 유유히 걸어서
농부의 옷을 빌려 입고
풍요로운 가슴으로
가을의 한복판에 서니
세상 모두는 아름답구나

가을비행에 지친 참새들이
나의 어깨 위에서
쉬어가도 좋고
나의 양식을
나누어 먹어도 좋으리

집 없는 곤충이
나의 머리 위에서
집을 지어도 좋고
나의 들판을
주인처럼 거닐어도 좋으리

나는
천진한 시골아이들의
친구가 되어도 좋고
높은 하늘에 양떼구름을 이끄는
목동이 되어도 좋고
과일을 달게 하고
곡식을 여물게 하는
가을의 마술사가 되어도 좋으리

제우스의 일기

나는 꿈의 바다에서 밤사이 내내
어두운 하늘의 별들과 달 사이를
마음대로 헤엄쳐 빛을 찾아다녔다
하얀 구름의 배 위에 누워
방향을 잃고 표류하는데
새벽부터 숲 속 저편에서 누군가
나의 이름을 부르는 소리가 들렸다
나는 꿈에서 깨어 작은 오두막을 뛰쳐나와
알몸으로 미명에 서둘러 길을 나섰다
세월을 알리는 뻐꾸기의 울음을
두 손으로 귀 막아 외면하고
긴 속눈썹으로 자욱한 안개를 가벼이 헤치고
사뿐히 맨발로 풀숲을 건넜다
끝없이 흐르는 폭포와 강을 지나
온갖 색깔로 만발한 꽃의 언덕 위에
생각의 걸음을 멈추고 서니
투명한 광채를 뿜는 꽃봉오리 하나 있었다
낮게 무릎을 꿇고 혼을 다해 숨을 불어넣으니
꽃봉오리가 품은 작은 우주는
굉음을 내어 폭발하고
거대한 우주가 되어 온 천하에 흩어졌다

잠자리 한 쌍

어릴 적 매년 가을이면, 하늘에는
온통 잠자리들 날갯짓소리로 요란했고
나는 작은 그물로 날개들을 잡으러 다녔다
잡힐 듯 잡힐 듯 달아나는 날개들 사이에
혼자서, 혼자서 날고있는 날개들 사이에
서로에게 몸을 기대어 더 높이 더 멀리
날갯짓하는 잠자리 한 쌍
나는 한 쌍의 잠자리를 잡기 위해서
한나절이 넘도록 날개들을 쫓아다녔고
나뭇가지 끝에 앉은 잠자리 한 쌍을
살금살금 다가가 그물로 덮쳤다
잡은 잠자리의 꼬리에 실을 묶고, 실 끝은
날고 싶은 내 꿈의 꼬리를 단단히 얽어
애타게 두 발을 동동 굴러보았지만
잠자리들은 내 욕심의 무게를 견뎌내지 못한 채
실 끝에 꼬리만 남겨두고 멀리 날아가 버렸다

우물 속에 한 사람

나무 우거지고 정적이 감도는
한적한 숲 속에
아침마다 밤마다
맑게 씻은 별들이
뜨고 진다는 우물이 있다
가만가만 우물 안을 들여다보니
덩그러니 낯익은
얼굴 하나 그리고
우물 안 저편
반짝이는 무엇 하나

조심스레 우물 안으로
두레박을 드리워
물 한 바가지 마시고
갈증에 지친 몸을 시원히 적시었다
이제 물통 가득 희망을 채우고
갈 길을 향해 돌아서려니
우물 안 저편
반짝이는 무엇 하나

그것이 갖고 싶다

우물 안으로, 안으로
두레박을 드리워
물 한 바가지 두 바가지
세 바가지 네 바가지 들이마시고
서둘러 우물 안을 들여다보니
온갖 욕심에 번뜩이는
낯선 얼굴 하나 그리고
더 이상 샘솟지 않는
빛 바랜 우물

생의 마지막장

아무것도 보이지 않는다, 사방은 고요하고
나의 숨소리조차 들리지 않는다
작은 빛도 하나의 생명도 물체도
아무것도 느껴지지 않는다
이미 오래 전에 육체를 잃어버리고
다만 정신만이 깨어있는 듯하다
과거의 기억들은 모두 잊혀졌고
앞으로의 날들도 도무지 종잡을 수가 없다
나의 혼은 작고 검은 방 속에 홀로 갇혀
높은 파도에 밀려 거친 회오리에 휩쓸려
거대한 블랙홀의 바다를 유랑하는 것만 같다
때론 견디기 힘든 현기증이 나를 뒤흔들고
알 수 없는 슬픔이 밀려든다
진한 어둠이 다가와 나의 혼을 뒤덮고
무수한 인연의 끈들을 잘라낸다
나의 혼은 비명도 지르지 못한 채, 파르르 떨며
점점 혼돈의 나락 속으로 의식을 잃어간다
차가운 한 덩이 바람은 나의 혼을 싣고
거부할 수 없는 운명의 자력(磁力)에 이끌려

돌아오지 못할 먼 곳으로 흐른다, 사방은 고요하고
나의 숨소리조차 들리지 않는다
사랑도 추억도 그리움도
아무것도 느껴지지 않는다

꽃 위에 꽃이 피다

청명한 하늘 아래는
달콤한 꿀에 중독되어
환각의 들판을 비행하는
나비와 벌의 세상, 그 곳에서
나는 사랑의 병이 깊은
창백한 얼굴의 꿀벌 한 마리

나는
갓 피어난 어린 꽃 속으로
늙고 주름진 나의 날개를 내리고
붉은 꽃잎 위에
나의 여왕에게 바치는
긴긴 편지를 쓰고는
꽃향기에 목을 매어
꽃 속에서 죽다

나의 삶에 오랜 가뭄은 끝나고
꽃 위에 꽃이 피다

성불(成佛)

나의 죽음 앞에
눈물 흘리지 말라
그대는 세월의 길목에
늠름하게 서있는
한 그루 소나무처럼
그저 담담히 이 광야를 지켜라
나의 따뜻한 불심(佛心)은
바람결을 타고 온 대지에 뿌려지고
광활한 그대 가슴 위에
원대한 꿈을 품은
한 개의 씨앗으로 내려앉아
내일이면 영광의 새싹으로 돋을 테니
나의 죽음 앞에
결코 슬퍼하지 말라
자유라는 이름으로
평화라는 이름으로
자비라는 이름으로
사랑이라는 이름으로
항상 그대 곁에 함께 있으려니

연인을 위한 즉흥환상곡

첫판 1쇄 인쇄 : 4월 25일
첫판 1쇄 발행 : 4월 27일

지은이 : 윤지영
펴낸이 : 박대용
기획 · 편집 : 최선영 · 임혜란

펴낸곳 : 도서출판 징검다리
출판등록 : 1994년 4월 19일
주소 : 서울시 마포구 합정동 426-1
전화 : 02)3143-1966 · 332-3880
팩시밀리 : 02) 3143-2757
E-mail : zinggumdari@hanmail.net
ISBN : 89-88246-40-3 (03810)

값 5,000원